山笑ふ

Itsuwo Inagaki

稲垣いつを句集

ふらんす堂

山笑ふ／目次

道　草　一九七九年〜一九八六年　5
さりげなく　一九八七年〜一九九四年　35
遠回り　一九九五年〜一九九八年　59
旅装解く　一九九九年〜二〇〇二年　89
凭れ合ふ　二〇〇三年〜二〇〇八年　119
寄り添へる　二〇〇九年〜二〇一四年　147
よつこらしよい　二〇一五年〜二〇一八年　171

あとがき
著者略歴

句集

山笑ふ

道　草

一九七九年〜一九八六年

風溜めてわつと駆け出す畦焼く火

一つづつ赤き裏打ち梅の花

道草の言ひ訳に提げ猫柳

冴返る円空仏の鉈のあと

一弦の指ちりちりと冴返る
ものの芽を踏み分け野辺の送りかな

野を焼かれあつけらかんの石地蔵

北窓開き雲母峰迎へ入れ

つくし野や親子で通ふ書道塾

のこぎりは押すよりもひけ山笑ふ

石神に男ぬかづく春の暮れ

海近き流れに乗りて落椿

青竹の青を盗みし蛙かな

山葵田をめぐり来し水透き通る

モナリザの眉ありやなしや月朧

生涯を鄙に住まひて落椿

禅寺や脚下照顧と落椿

甘茶浴む仏のはだへ黒光り

梨咲いて天上天下薄曇り

この村の花一堂に花御堂

堂々として捌かるる初がつを

いつぽんの黒穂分け合ひ兄弟

灘の声聞く丘陵の花南瓜

早乙女の泥ことごとく美しき

街の子に米搗き虫の米を搗く

己が血の色しみじみと蚊を打ちて

白鷺のあし吹きぬけて青田風

鳴りものはなし山頂の遠花火

撓ふこと未だ覚えず今年竹

手花火をもて退院の子を見舞ふ

出る杭は打たれせいたか泡立草

忠魂碑よりも背高泡立草

足をもて土俵描き足し草相撲

石橋を足もてさぐる秋出水

菱の実のまあるくなりて流れ来し

代々の屋根を守りて大南瓜

土手続くつづく限りの猫じやらし

一つづつ配る食後の青蜜柑

木犀の風金色の羽つけて

藁塚や十戸の村の野辺送り

草紅葉踏み分け鮒を釣りに来し

藁塚や母は小さくなりたまひ

子を持たぬ教師夜なべに柿吊す

こがらしの村に十戸の灯がともる

滝壺の底見て来しや散紅葉

いつも聞き役井戸端の花八つ手

この村の男出揃ひ年木割る

大いなる木には木の神注連飾る

三日月の揺れつつ凍てし手水鉢

百薬の長侍らせて薬喰

動かざること美しき蝶の凍て

浜風に無住寺の裏梅早し

探梅の落ち着くところ浜の寺

鋸に酒吹つかけて山始

きりきりとまはる運命線の独楽

さりげなく

一九八七年〜一九九四年

茶柱の太きが立ちて寒の明け

啓蟄の土捧げゆくブルドーザー

箪笥動かす北窓を開くべく
入学す兄の詰襟着せられて

沈丁の袋小路に入りにけり
踊りつつ沖に出てゆくやつこ凧

案外に踏まれざるものの落椿

たんぽぽの絮たんぽぽの風を待つ

近づけばゆらりとほどけ蝌蚪の群れ
隠れたるもの見えて来し竹の秋

タンカーが湾を出てゆく春の果

浜豌豆浜に育ちて海を見ず

先祖代々の地を這ひ花南瓜

鼻先をちりんと打ちてラムネ玉

読みかけの本もて押さへ蚊帳の裾

跡継ぎの太郎からまづ天花粉

おもむろに出す山頂の青林檎

潔く脱ぎし一幹今年竹

大西瓜切る両隣呼びにやり

震災忌ネクタイといふ邪魔なもの

ふくらみし時に加はる踊りの輪
赤錆の鉄路眠らせ秋桜

自らを責めて一日芋嵐

紙風船のはじくる如く桔梗咲く

厄日過ぐ小さき喧嘩を一つして
さりげなく逝きし人あり草の花

鉄工所の音まつすぐに来る夜長

跡形もなく飯場消え鬼やんま

案山子立つ弓手に弓を持たされて

茸狩りの名人口の堅き人

熟れ柿に声をかければ落ちるかも
団栗を拾ひて列に駆けもどる

柏手の音の高らか神の留守

御仏の御目やさしき煤払ひ

踏ん切りがつかず寒オリオン仰ぐ

枯野より登り枯野へ下り来し

水底のことを教へよかいつぶり

奥の手は未だつかはず懐手

日向ぼこにも縄張りのありにけり

郵便屋さん待つ幾度も雪踏んで

逸《そ》羽《ば》子《ね》や隣は長者屋敷跡

差し障りなきことばかり初日記

遠回り

一九九五年〜一九九八年

己が葉隠れ春蘭の咲き初むる
床の間といふ聖域の君子蘭

つばくらの口は餌を捕るだけのもの

紅白の紅より暮れて庭椿

たんぽぽの絮風に乗る無人駅

一人去り二人去りして遠蛙

食卓も椅子も流木磯遊び

啄木忌まだ書き込まぬ閻魔帳

中腰といふは拷問種をまく

失せ物の見つからぬまま梅は実に

ごん狐出て来て遊べ麦の秋

新緑の天をいただく野点かな

どくだみを咲かせて島の診療所

小休止すればたちまち蛭の谷

手の平に切る絹漉しの冷奴

緑蔭に読みかけの本誰もゐず

釈迦牟尼の如くに坐して枝蛙

青竹の箸ほめられて夏料理

暑き夜の隣家の電話鳴り通し
釈然とせぬまま蛇に道ゆづり

九合目より現れて道をしへ

大の字に寝て僧坊の涼しさよ

鷺草の花美しき傷を負ひ

繃帯を外して終る夏期休暇

瞼だんだん重くなり鉦叩き

罰点の多き一日秋暑し

毒舌の毒うすくなり生身魂

身を隠す術なく群れて曼珠沙華

障子貼る障子の前に正座して

神域の花の一つに鳥兜

かかしかと見ればかかしの歩き出し

空をゆくもの風ばかり雁来紅

はみ出せるものの一湾のいわし雲

身重なる蟷螂腹を地につけて

ホームランボールをさがす秋の暮れ

隠しより茛とり出し松手入れ

鮒の池十重に二十重に草もみぢ

秋刀魚焼く男ばかりの日曜日

客間まで及ぶ勢ひ餅筵

初氷先に割られてしまひけり

こんりんざい動かざるもの蝶の凍

舟を待つ焚火に尻をあぶりつつ

流木を転がし焚火まで運ぶ
お裾分けとて薬喰ひ賜りし

城垣にもたれ竹馬ひと休み

遠回りして踏んでゆく霜柱

裏表あぶり焚火の輪を出づる

牡蠣育つ村に二つの方位石

水餅の角すこしづつ取れてきし

首塚の島水仙の花盛り

踏み台の押さへ役ゐて年木積み

美しき表紙捨て去り初暦

初買ひへ百円玉を握りしめ

オリオンの天傾きて去年今年

旅装解く

一九九九年〜二〇〇二年

中国二六句

金縷梅《まんさく》の花のこまぎれ万華鏡

下萌えやわれ専用の梯子段

とんとんときざはし下りて名草の芽

啓蟄やかけまちがへし釦穴

初音聞く朝の饅《まん》頭《とう》買ひに出て

啄木忌ひたすら古き古書を買ふ

医者が来て看護師が来てうまごやし

鼻眼鏡はづし見上ぐる桐の花

散り敷きてなほたつぷりと桐の花

盗み来し麦の穂生けて日曜日

母の日は母の教へし匙かげん

買ふものは買ひ緑蔭に戻り来し

寄宿舎の火照り静めて青葉木菟

蠅打つや小次郎となり武蔵となり

糸瓜咲き新《しん》郷《しゃん》の朝動き出す

地のものか天なるものか合歓の花

ポケットにたらふく詰めて棗の実

良夜なることをまづ告げ電話かな

饒舌の客をもてなし秋暑し

男坂の方を選びて登高す

ちちろ虫鳴く厨房の真昼間

説き起こす僧の濁声菊日和

長電話切りて残れる夜長かな

竜が伏し猛虎が伏して菊人形

寒林の石のベンチの男女かな

とりあへず「晴」とよごして初日記

胸元に白さりげなく初つばめ

春一番タンカー積荷下ろさぬまま

お静かにこの水溜り蝌蚪の家

久々の雨読なりけり菜の花忌

染井吉野を侍らせて天守閣

旅装解くまだ盛んなる百日紅

来し方も行く末も闇ほたる狩

一休みしてほととぎす聴いてやらう

鉈割の竹裏白し夏料理

薄味のうすき器の夏料理

吊り橋を渡るや雷のゐる方へ

釣忍あまた吊るして逝きしかな

山門の空蝉合掌解かぬまま

蝉しぐれ声のおしくらまんぢゅうかな

砂日傘影を一間として憩ふ

震災日宿題袋重からむ

踏み出して見ればいいのに彼岸花

病める葉も交へて山の粧へり

笛吹きし鹿がこつちを見てをりぬ

蟷螂の矛を収めぬままに死す

見覚えがあるぞ案山子の一張羅

ボクサーの如く構へていぼむしり

流木に陣取る親子鯊日和

柿熟れてお屋敷の門開かぬまま

藁塚の一つが海に傾ける

五限目は枕草子雪催ひ

鶴頸にすとんと落とし水仙花

一鍬のためにに出で来て鍬始

凭れ合ふ

二〇〇三年〜二〇〇八年

手錠もかくや腕時計冴返る

忍び合ふこと難しき猫の恋

黄泉の国見て来し蛇か洞を出づ
千枚田見上げて蛙もの申す

日曜は母に戻りて桜餅

蝌蚪の群れ何か決めごとある如く

騙さるること難しき万愚節

魑魅《すだま》棲む瘤の襞よりひこばゆる

千年を連れ添うて来て樟若葉

泣きに来し女人の数か橡の花

蛍狩もどりて受くる訃報かな

落人の村の底より蛍湧く

決闘のごとく向き合ひ草矢打つ

仏足石黒く濡らして白雨かな

猫の鼻打つてしまひし火取虫

べら釣るや海のかけらを抜く如く

将棋盤を挟み親子の端居かな

浮かれをる時にあらずよ凌霄花

ころころと風ころがれる青田かな

青すぎるとはいふまいぞ今年竹

咲くといふことは飛ぶこと合歓の花

闇を紡ぎて純白の烏瓜

終戦日柱時計のねぢを巻き

村捨つることできぬまま盆踊

踊の輪〇の真ん中に椰大樹

漁礁成す社叢の底も星祭

身に余るほどの身の丈穴まどひ

一湾に抱かれ七浦曼珠沙華

小次郎がをれば武蔵もゐて案山子
こんなにも小さき草の実なりけり

仕舞はるる時も案山子の立ちしまま

猪垣の途切れしところ熊野灘

だんだんに過疎だんだんに柿熟るる

それぞれの色が溶け合ふもみぢ山

草もみぢの中にすつぽり露天風呂

海からの風はからりと稲架襖

橡の実は弾け兵士は戻らぬまま
惚けゆつくりと進みゆく枇杷の花

肥後守ひょんと出で来し冬着かな

群猿の残してゆきし木守柿

凭れ合ふことの叶はぬ寒牡丹

日向ぼこ今は眺むるだけの海

隠しよりさりげなく出し冬帽子

沈下橋渡り大根引きにゆく

宇治橋といふ境界の雪を踏む

ペンギンの如き歩みの初詣

生きてるかうん生きてるよ初電話

ありつたけの鉛筆削る寒の入

豆打てば何やら豆をはね返す

寄り添へる

二〇〇九年～二〇一四年

疵口は舐むるほかなし恋の猫

ポケットにビー玉鳴らし麦を踏む

宮と宮つなぐ神路の山笑ふ

耳だけは起きてゐる猫春の雷

ひこばゆる大切株に来ては座す

半兵衛をきめこんでゐる四月馬鹿

水遁も葉隠れもゐて座禅草

村を去るものみな去りて葱の花

境内を拝借一日新茶干す

合掌の姿さながら水芭蕉

宵つ張りのくせに早起き不如帰

子燕の口説きしばらく聞いてやる

サングラスかけてすべてを見てゐたり

サングラス外して道を譲り合ふ

萍の天を底から突つつくもの
河童忌やわが青春の上高地

白鷺や問はず語りの草取り女

声持たぬもののも祈りて原爆忌

上りより下り危ふき登山馬
紅白の萩染まらずに寄り添へる

まだ眠るわけにはゆかず月の庵

朝顔の破れつくろふことならず

山門に入るを許され彼岸花

勾玉の池の面を穴まどひ

酌み交はし酌み交はしては居待月

海の色失せず秋刀魚の天日干し

そそくさと山を抜け出す茸狩

柚子捥ぎしときの手傷を湯に浸す

地に戻ることの安らぎ破れ蓮

寝静まる動物園の十三夜

うかうかと残つてしまひ木守柿

味噌醤油酒侍らせて炭を焼く

四股を踏むごとくに冬の虹が立つ

桟《えつり》組む指擦り抜けて虎落笛

酒買つて標の跡また戻る

早仕舞ひ雪雲を呼ぶ木挽唄

雪催ひ屋根の半分葺き残し
冬萌の南斜面を下り来し

洞《うろ》に坐す山の神にも注連飾る

先づ一つ臼に供ふる鏡餅

鍬初め島の畑は山の上

わたつみのものも加へて若菜粥

よつこらしよい　二〇一五年〜二〇一八年

土割つて出で来る頃やクロッカス

群がりてかたかごの紅うすれけり

道行のごと梅林の奥に消え

裏打ちは目立たぬがよし利休の忌

たなごころほどの雛壇芥子ひひな

鉄瓶の蓋だけを買ふ利休の忌

折り返すまでは休まず畑を打つ

ひらひらと来て大根の花となる

逃げ水を追ひかけてゆく青き馬

鉛筆削る肥後守昭和の日

武骨なる父の手が揉む新茶かな

牡丹のよよと崩れてしまひけり

目玉まで脱いでゆきしよ蛇の衣

言葉にも刺といふもの柚子の花

ががんぼのよっこらしょいと立ち上がる

山巓に胡坐をかけば閑古鳥

網張ってどこ吹く風の女郎蜘蛛

軽鴨の子らのぜんまい仕掛けめく

鎌を研ぐ手をとめて聞き三光鳥

水を蹴り水に背伸びや立泳ぎ

緑蔭といふ懐に転げ込む

ふるさとは伊賀か甲賀か水馬

敗戦日あっけらかんと晴れ渡り

とんばうの国なかなかに抜け出せず

土器投げ森羅万象霧の中

秋高し口から釘を出す棟梁

三行詩か三《み》行《くだり》半《はん》か秋の雲

火口湖より末広がりに秋の天

柚子もぐや鉄の軍手のあらまほし

熟柿だんだん重くなる眠くなる

草もみぢ踏んで見にゆく曲馬団

窓ガラス拭けばすぐ来て尉鶲

もみの木に星おりて来てクリスマス

指定席埋まらぬ一つ日向ぼこ

転ぶこと先づ教はりてスキーかな

夜に入りて寒九の雨となりにけり

ところにより雪の予報やここは雪

生まれたる時は餅肌かがみ餅

神杉の天突き上ぐるどんどの火

成らぬならそれもまたよし成木責め

あとがき

喜寿を迎えたのを機に第二句集を上梓しました。第一句集『樏（かんじき）』は「狩」誌上に掲載された句ばかりでしたが、今回は「狩」時代の拾遺に、折々の句会で俎上に載せられたものも加えた、計三三六句を自選しました。題名は「のこぎりは押すよりもひけ山笑ふ」から。コロナが早くおさまり、山の鼓動に共鳴して笑い転げたい、という願いも込めました。

刊行にあたっては、第一句集と同様にふらんす堂のお世話になりました。スタッフの皆さん、誠にありがとうございました。また、句友、山友、家族等々の変わらぬ支援に感謝しています。どうもありがとう。

二〇二二年二月一四日

稲垣いつを

著者略歴

稲垣いつを（いながき・いつお）　本名　逸夫

昭和19年　三重県北牟婁郡生まれ
昭和57年　「狩」入会
平成９年　「狩」同人
平成30年　「狩」終刊に伴い退会
平成31年　「滝山」入会・同人

俳人協会会員

現住所　〒519-0311　三重県鈴鹿市大久保町2065

句集　山笑ふ　やまわらう

二〇二二年五月三〇日　初版発行

著　者――稲垣いつを

発行人――山岡喜美子

発行所――ふらんす堂

〒182-0002 東京都調布市仙川町一―一五―三八―二F

電　話――〇三（三三二六）九〇六一　FAX〇三（三三二六）六九一九

ホームページ http://furansudo.com/　E-mail info@furansudo.com

振　替――〇〇一七〇―一―一八四一七三

装　幀――君嶋真理子

印刷所――日本ハイコム㈱

製本所――㈱松　岳　社

定　価――本体二七〇〇円＋税

ISBN978-4-7814-1460-7　C0092　¥2700E